Deutsch

Urs Luger

Tod einer Diva –
Fenders dritter Fall

SPANNENDER LERNKRIMI
LEKTÜRE MIT AUDIOS ONLINE

Hueber Verlag

Cover: © Getty Images/E+/AleksandarNakic
Illustrationen: Mascha Greune, München

Einen kostenlosen MP3-Download zu diesem Titel finden Sie unter
www.hueber.de/audioservice.
© 2020 Hueber Verlag GmbH & Co. KG, München, Deutschland
Alle Rechte vorbehalten.
Sprecher: Claus-Peter Damitz
Hörproduktion: Scheune München mediaproduction GmbH

4. 3. 2.   Die letzten Ziffern
2030 29 28 27 26   bezeichnen Zahl und Jahr des Druckes.
Alle Drucke dieser Auflage können, da unverändert,
nebeneinander benutzt werden.
1. Auflage
© 2020 Hueber Verlag GmbH & Co. KG, München, Deutschland
Umschlaggestaltung: Sieveking Agentur, München
Layout und Satz: Sieveking Agentur, München
Redaktion und Projektleitung: Katrin Dorhmi, Hueber Verlag, München
Lektorat: Veronika Kirschstein, Lektorat und Projektmanagement, Gondelsheim
GPSR-Kontakt: Hueber Verlag GmbH & Co. KG, Baubergerstraße 30,
80992 München, kundenservice@hueber.de
Druck und Bindung: Friedrich Pustet GmbH & Co. KG, Gutenbergstraße 8,
93051 Regensburg, technik@pustet.de
Printed in Germany
ISBN 978-3-19-198580-6

Art. 530_26999_001_02

Inhalt

▶ Das Hörbuch zur Lektüre und die Tracks zu den Übungen stehen als kostenloser MP3-Download bereit unter: www.hueber.de/audioservice.

Kapitel 1: Mittwoch, 15:34 Uhr

„Detektivbüro Fender, guten Tag."
„Hallo Fender, hier ist Jan. Jan Friese."
„Jan! Was für eine Überraschung. Schön, von dir zu hören!"
„Alma Diaz ist tot."
„Wie bitte?"

Ich hatte Jan Friese vor ein paar Jahren bei einer Opernpremiere
kennengelernt. Damals hatte er noch eine Agentur für Sänger.
Wir waren in Kontakt geblieben, aber ich hatte jetzt schon eine
ganze Weile nichts mehr von ihm gehört. Vielleicht lag das
daran, dass er inzwischen Direktor der Semperoper in Dresden
und deshalb meistens ziemlich im Stress war.

„Fender, du musst mir helfen", sagte er. „Du bist doch noch
Detektiv, oder?"
„Klar, aber …"
„Kannst du herkommen? Nach Dresden?"
„Langsam, Jan, was ist los? Was ist mit Alma Diaz?"
„Sie wurde ermordet. Hier, in der Oper. Heute Vormittag hat
man sie gefunden."
„Das ist ja schrecklich!"
Alma Diaz war einer der großen Stars der Opernwelt. Ich hatte
sie schon in verschiedenen großen Rollen gesehen. Ich konnte
gar nicht fassen, dass sie tot war.
„Du musst ihren Mörder finden."
„Jan, ich glaube nicht, dass das ein Fall für mich ist. Die Polizei …"
„Natürlich, die Polizei ist schon hier. Das ist eine große Sache."
„Und wie soll ich dir da helfen?"

---

die Premiere: wenn eine
Oper /ein Theaterstück zum
ersten Mal gespielt wird

die Agentur: sucht
Künstler z. B. für Opern-
häuser oder Theater

**ermorden,
der Mörder:**
→ S. 12

„Fender – schneller als die Polizei … Das sagst du doch immer, oder?"

Das stimmte, das war wirklich meine Werbung. So stand es auch auf meiner Webseite:

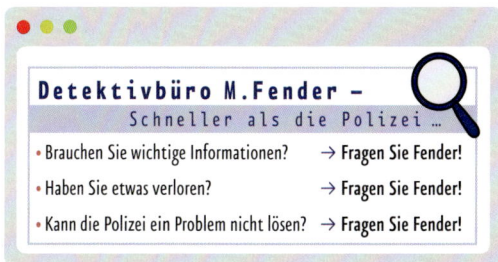

„Im Internet kann man schon die ersten Artikel lesen", sagte Jan. „Heute Abend ist die ganze Sache im Fernsehen, morgen in allen großen Zeitungen. Die Polizei wird den Täter sicher finden, aber wann? Es muss jetzt schnell gehen. Am Samstag ist die Premiere von ‚La Traviata'. Das Publikum läuft uns davon, wenn der Mord nicht schnell aufgeklärt wird."

„Wann ist es denn passiert?", fragte ich.

„Gestern Abend nach der Probe. Und in drei Tagen … Was mache ich denn jetzt ohne meinen Star?"

„Und gefunden wurde sie heute?"

„Ja, heute Morgen, als die Bühnenarbeiter kamen, war Alma auf der Bühne. Die Arbeiter haben zuerst gar nicht gemerkt, dass sie tot ist. Die waren bloß sauer, dass sie sie bei der Arbeit stört. … Ach Gott, es ist so schrecklich."

„Jan, ich würde dir wirklich gerne helfen. Aber ich habe einen größeren Auftrag hier in Wien. Den kann ich nicht absagen. Übermorgen geht es los."

„Also bleibt doch morgen."

„Das ist ein Witz, oder?"

der Täter, der Mord,
aufklären: → S. 12

La Traviata: berühmte Oper
von Giuseppe Verdi

„Ich zahle das Doppelte von deinem normalen Preis."

„Es geht nicht ums Geld. Man fängt einen Mörder nicht an einem einzigen Tag."

„Und wenn ich alle Verdächtigen in die Oper bringe und du kommst einfach nur her und befragst sie?", fragte Jan.

„Alle Verdächtigen, wie soll denn das gehen?"

„Das lass meine Sorge sein."

„Du meinst das ernst, oder?"

„Ja, klar. Also, wann kommst du?"

„Das ist völlig verrückt", sagte ich. „Aber okay, wir können es versuchen …"

„Sehr gut, abgemacht. Ich buche dir ein Hotel in der Nähe der Oper. Sag mir, wann du ankommst, dann schicke ich dir ein Taxi zum Flughafen. Morgen hole ich dich um 9 Uhr vom Hotel ab."

Ein Tag … Für diesen Auftrag brauchte ich auf jeden Fall Hilfe, also rief ich Julia an. Sie war Studentin und hatte mir bei zwei von meinen Fällen sehr geholfen. Seitdem erledigte sie immer wieder kleinere Arbeiten für mich, vor allem Recherchen.

„Julia Kalman."

„Hallo Julia, hier Fender. Haben Sie morgen Zeit?"

„Morgen … Hmm … Um was geht es denn?"

Ich erzählte ihr von dem Mord in Dresden.

„Ich weiß noch nicht viel über den Fall", sagte ich dann. „Ich würde Sie morgen im Lauf des Tages anrufen, sobald ich Sie brauche. Wäre das okay?"

„Das sollte gehen. Ich muss für eine Prüfung lernen, aber ein bisschen Zeit für Recherchen habe ich sicher."

„Vielen Dank! Ich melde mich dann."

die Verdächtigen, befragen: → S. 12

Kapitel 2: Donnerstag, 8:58 Uhr

„Guten Morgen, Fender. Gut geschlafen?", fragte Jan, als er mich am nächsten Morgen vom Hotel abholte, und reichte mir einen Kaffee.

„Geht so", sagte ich und nahm dankbar den Becher.

Ich war viel zu früh aufgewacht, hatte die Zeit dann aber genutzt, um ein bisschen über Alma Diaz zu recherchieren. Sie wurde in Santa Inés, einem kleinen Dorf in Argentinien, geboren und studierte dann später in der Hauptstadt Buenos Aires Musik. Ihr Talent wurde schnell von einem internationalen Agenten entdeckt.

„*Du* hast Diaz entdeckt und zum Star gemacht", sagte ich zu Jan. „Das habe ich gar nicht gewusst."

„Ja, was für eine Stimme! Weltklasse! Das habe ich sofort gemerkt, als ich sie in dem kleinen Theater in Buenos Aires zum ersten Mal singen hörte."

Jan bekam feuchte Augen. Wer weiß, dachte ich, vielleicht war da ja mehr gewesen als nur eine professionelle Beziehung?

„So, und jetzt musst du mir erklären, warum du schon alle Verdächtigen kennst", sagte ich.

„Ganz einfach." Jan sah mich an. „Der Mord ist zwischen 23 und 24 Uhr passiert, sagt die Polizei. Zu dieser Zeit ist nur noch ein einziger Ausgang in der Oper geöffnet. Und dort gibt es eine Kamera."

„Du weißt also, wer nach 23 Uhr das Haus verlassen hat."

„Genau. Einer von ihnen muss der Mörder sein."

„Langsam, Jan. Der Mörder könnte sich auch über Nacht in der Oper versteckt haben."

---

reichen: geben

das Talent: wenn man etwas sehr gut kann

„Das stimmt. Aber wir haben nur einen Tag Zeit. Wir müssen es so versuchen."

Wir waren an der Oper und gingen hinein.

„Einverstanden", sagte ich. „Und jetzt erzähl mir bitte, warum Alma Diaz so spät noch auf der Bühne war."

„Keine Ahnung. Die Probe war schon vorbei. Die Lichttechnikerin war wohl die Letzte, die sie lebend gesehen hat."

„Was weißt du über Diaz? Hatte sie Probleme? Feinde?"

„Fender, sie war ein Weltstar – natürlich hatte sie Feinde. Aber deshalb gleich ein Mord?"

„Nützt ihr Tod denn jemandem?"

„Alma hatte die wichtigste Rolle in ‚La Traviata': die ‚Violetta'. Jetzt wird die Zweitbesetzung bei der Premiere singen."

„Ist sie eine von deinen Verdächtigen?"

„Ja, du wirst sie gleich kennenlernen."

---

die Probe: wenn man eine Oper / ein Theaterstück übt

die Lichttechnikerin: kümmert sich um das Licht auf der Bühne

die Zweitbesetzung: spielt die Rolle, wenn der Star nicht da ist

Jan öffnete die Tür zum Opernsaal. In der ersten Reihe in der Mitte saßen ein Mann und eine Frau nebeneinander. Der Mann wollte gerade ihre Hand nehmen, aber die Frau zog sie weg und stand auf. Rechts bei der Bühne standen ein älterer Mann in Arbeitskleidung und eine junge Frau mit Pferdeschwanz und unterhielten sich leise.

Weiter hinten saß eine Frau mit einem Eimer und Putzsachen. Auf der anderen Seite des Saales bei der Tür stand ein Mann mit Dreitagebart, der die anderen aufmerksam beobachtete.

„Meine Damen und Herren, darf ich vorstellen: Privatdetektiv Fender aus Wien. Er wird den Mord an Alma Diaz untersuchen", sagte Jan. „Es ist schrecklich, was passiert ist, und wie wir alle möchte ich möglichst schnell wissen, wer der Mörder ist – oder die Mörderin."

„Und was haben wir damit zu tun?", fragte der Mann in der Mitte.

„Sie, meine Damen und Herren, waren die einzigen Personen, die zum Zeitpunkt des Mordes noch im Haus waren", sagte ich.

„Sind wir deswegen jetzt alle verdächtig?", rief der Mann wütend.

„Nein, natürlich nicht, aber wir müssen mit jedem von Ihnen reden", sagte Jan. Er gab mir eine Liste mit den Namen der Verdächtigen und ihrem Job in der Oper. „Keiner von Ihnen verlässt bitte die Oper. Wenn alles gut geht, haben wir noch vor dem Abend den Mörder oder die Mörderin."

---

der Opernsaal: dort sitzen die Zuschauer

der Pferdeschwanz: Frisur mit langen Haaren

verdächtig: → S. 12

Kapitel 3: Donnerstag, 10:12 Uhr

Im Saal saßen alle Verdächtigen, da hatte ich nicht genug Ruhe
für die Befragungen. Daher entschied ich mich für das Buffet
der Oper und bat die erste Person auf Jans Liste zu mir: die
Lichttechnikerin.

„Guten Tag, Frau Wenders", sagte ich und gab ihr die Hand.
„Nehmen Sie bitte Platz."

Ich zeigte auf den Stuhl vor meinem Tisch.

„Das ist ja schon fast wie bei der Polizei", sagte sie.

„Frau Wenders, wann haben Sie Frau Diaz zuletzt gesehen?"

„Hmm ... Ich denke, das war so gegen Viertel vor elf am Dienstag.
Ich wollte gerade alle Lichter auf der Bühne ausschalten, aber
sie war noch da und hat geprobt."

„Allein? Ohne Partner? Ohne Musik?"

„Ja, ganz allein."

„Ist so etwas üblich?"

„Eigentlich nicht. Aber fünf Tage vor der Premiere kann das
schon mal vorkommen. Vor allem bei Diaz, die wirklich eine
Perfektionistin ist ... äh ... war. Bei ihr musste immer alles
hundertprozentig stimmen."

„Sind Sie dann noch länger geblieben?"

„Nein, ich habe einen Teil des Lichts auf der Bühne brennen
lassen, den Rest ausgeschaltet und bin gegangen."

„Was haben Sie danach gemacht?"

„Ich war noch kurz im Raucherzimmer, eine Zigarette rauchen,
und bin dann nach Hause."

„Ist Ihnen in letzter Zeit irgendetwas bei Alma Diaz aufgefallen?
War etwas anders als sonst?"

---

die Befragung:
→ S. 12

das Buffet (in einer Oper): dort
kann man in den Pausen Getränke
und kleine Speisen kaufen

die Perfektionistin:
sie will alles perfekt
machen

„Hmm … Jetzt, wo Sie es sagen … Ja, sie war wirklich ein wenig anders. Sie wirkte nervös und war bei den Proben öfter nicht ganz bei der Sache. Einmal hat sie sogar mit dem Direktor gestritten."

„Wissen Sie, warum?", wollte ich wissen.

„Diaz hatte eine Affäre mit Hofstädter, dem Tenor."

„Und was hat das mit dem Direktor zu tun?"

„Hmm, ja … Also bitte, da sprechen Sie am besten selbst mit ihm."

Als nächstes wollte ich mir den Tenor ein bisschen genauer ansehen.

Er kam wütend ins Buffet. „Ich werde Ihnen gar nichts sagen. Sie sind ja nicht mal bei der Polizei."

„Herr Hofstädter, bitte, wollen Sie nicht Platz nehmen?"

Er lief noch zweimal auf und ab, setzte sich dann aber doch.

„Wie gut kannten Sie Frau Diaz?"

Er hatte einen roten Kopf, sah mich wütend an und schwieg.

„Herr Hofstädter, ich verstehe, dass das nicht angenehm ist. Aber wir wollen hier doch alle nur eines: dass die Premiere in drei Tagen ohne Probleme läuft. Und da wäre es am besten, wenn dieser schreckliche Mord vorher aufgeklärt wäre. Also, wie gut kannten Sie Alma Diaz?"

Er schwieg noch kurz, sagte dann aber: „Naja, so gut, wie man eine Kollegin eben kennt. Man probt zusammen, man trinkt mal einen Kaffee in der Kantine."

„Da habe ich etwas anderes gehört."

„Was wollen Sie damit sagen? Das sind doch bloß Gerüchte."

„Manche Gerüchte stimmen."

„Ich liebe meine Frau."

---

die Affäre: eine kurze Liebesbeziehung

der Tenor: hohe Männerstimme in der Oper

das Gerücht: viele Leute sagen es, aber es ist nicht sicher, ob es stimmt

„Ihre Frau – die wartet doch auch bei den anderen im Saal, oder? Ziemlich dicke Luft zwischen Ihnen …"

„Wir haben heute Morgen gestritten, das ist alles."

„Worüber denn?"

„Über … über … Ach, was weiß ich. Weil sie den Kaffee immer zu stark macht. Das ist nicht gut für mein Herz."

Sicher eine Lüge, aber ich sagte erst mal nichts dazu.

„Für Ihre Frau ist es doch gar nicht so schlecht, dass Diaz jetzt tot ist", sagte ich.

„Was wollen Sie damit bitte sagen?"

„Jetzt singt *sie* die ‚Violetta' in der Premiere. Vielleicht haben Sie Ihrer Frau bei ihrer Karriere ein bisschen geholfen?"

„Also, das ist doch … Wegen so etwas würde ich doch nie …"

„Oder Alma Diaz hat die Affäre beendet. Das hat Sie wütend gemacht und Sie haben …"

„Unglaublich! Das muss ich mir nicht anhören!"

Hofstädter sprang auf und lief hinaus.

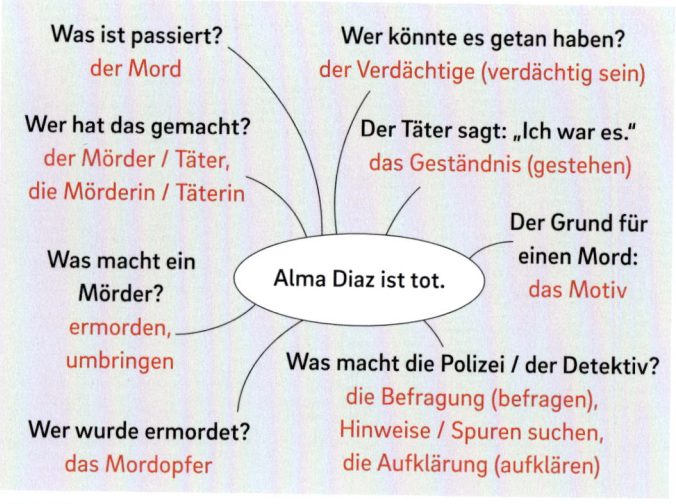

dicke Luft: schlechte Stimmung

Kapitel 4: Donnerstag, 11:25 Uhr

Anita Hofstädter hatte gleich zwei starke Motive. Aber ich wollte noch etwas mehr Informationen sammeln, bevor ich sie befragte.

Also holte ich als nächstes den Portier. Alle waren an ihm vorbeigegangen, als sie die Oper verließen. Vielleicht hatte er etwas Interessantes bemerkt.

„Herr … Kuronnig", las ich auf meiner Liste. „Nehmen Sie bitte Platz."

„Sie glauben, dass ich Frau Diaz getötet habe?"

„Ich glaube gar nichts", sagte ich.

„Und doch bin ich hier. Ich wäre lieber zu Hause und würde ein gutes Buch lesen. Oder schlafen. Oder einkaufen. Alles besser, als ein Mordverdächtiger zu sein."

„Herr Kuronnig, Sie waren am Dienstag die ganze Nacht in der Oper?"

„Ja, ich habe meinen Raum beim Ausgang nie verlassen."

„Haben Sie irgendetwas bemerkt? Vor allem bei den Personen, die die Oper nach 11 Uhr verlassen haben?"

„Leider nicht viel. Ich habe mir das Werder-Bremen-Spiel angesehen."

„Das war doch um 11 Uhr schon lange aus."

„Ich habe mir die Aufnahme angesehen. Solange die Probe läuft, hat man ja keine Ruhe zum Fernsehen. Immer kommen und gehen Leute oder wollen irgendetwas wissen."

„Sie haben also gar nichts gesehen?"

„Werder hat gewonnen, das habe ich gesehen. Das war das Wichtigste … Nein, war nur ein kleiner Witz, hehe. Tut mir leid. Lassen Sie mich nachdenken …" Er machte eine kleine Pause.

---

das Motiv: → S. 12

der Portier: sitzt in einem Raum am Eingang der Oper

„Irgendwann ist Frau Hofstädter hinausgelaufen und war
ziemlich aufgeregt. Sie hat sogar geweint. Daran erinnere ich
mich, weil sie mich um ein Taschentuch gebeten hat."
„Wann war das?"
„Hmm … Viertel nach elf, halb zwölf vielleicht."
Das würde gut zum Tatzeitpunkt passen. Und aufgeregt war sie
auch. Vielleicht war das eine wichtige Information.
„Haben Sie Alma Diaz gekannt?", fragte ich weiter. „Haben Sie
mal mit ihr gesprochen?"
„Das ist ein Witz, oder?"
„Ein Witz?"
„Ein Portier ist doch Luft für einen Opernstar. Klar habe ich
mit ihr gesprochen: Guten Tag, Frau Diaz. Auf Wiedersehen,
Frau Diaz. Schönes Wetter heute, Frau Diaz."

***

„Frau Borges. Was können Sie mir über Alma Diaz erzählen?"
Ich hatte als nächstes die Reinigungskraft vor mir.
Reinigungskräfte hatten fast überall in der Oper Zugang und
meistens achtete niemand auf sie. Vielleicht hatte sie etwas
Interessantes bemerkt.
„Was sollte ich schon wissen? Sie war ein Star, ich putze."
„Haben Sie zum Beispiel irgendetwas zwischen Diaz und dem
Tenor bemerkt?", versuchte ich mein Glück.
„Alle haben gewusst, dass Alma und Lorenzo etwas miteinander
haben."
„Aber nicht alle fanden es gut."
„Stimmt. Der Direktor war sauer. Und Anita Hofstädter, die Frau
des Tenors, natürlich auch."
„Sie wusste ebenfalls davon?"
„Alle wussten es. Ich habe das nicht verstanden. Alma ist … war
so eine schöne Frau. Und Lorenzo – der ist doch nur ein Clown."
„Wie hat Frau Hofstädter reagiert?"
„Zuerst hat sie so getan, als würde sie nichts bemerken. Aber
am Dienstagabend hat sie mit ihrem Mann gestritten. In der
Garderobe."
„Erzählen Sie mir bitte davon."
„Zuerst haben sie sich angeschrien. Aber ich habe nicht
zugehört. Immer schreien sich irgendwelche Stars an. Wie
langweilig! Am Ende hat Anita laut geweint, Sie wissen schon,
wie die Schauspieler auf der Bühne weinen … Und dann ist sie
weggelaufen."
„Und Lorenzo?"
„Der ist auch gegangen. Ein bisschen später."
„Und?"
„Nichts und. Ich habe weitergeputzt."

---

die Reinigungskraft:
sie putzt in der Oper

die Garderobe: dort ziehen die
Sänger ihre Kostüme an

Kapitel 5: Donnerstag, 12:28 Uhr

Langsam bekam ich Hunger, aber eine Befragung wollte ich noch vor dem Mittagessen machen. Ich nahm mir eine Tasse Kaffee und aß ein paar Kekse. Mein Plan war gewesen, als Nächstes endlich Anita Hofstädter zu befragen. Aber eine andere Person interessierte mich inzwischen fast noch mehr: Jan Friese, Direktor der Oper und mein Freund. Zwei Leute hatten über seinen Streit mit Alma Diaz gesprochen. Jan aber hatte mir nichts davon erzählt. Und auch wenn mir das nicht gefiel – das machte ihn verdächtig.

Ich ging in den Opernsaal und blickte mich um. Die meisten Leute spielten auf ihren Handys und tranken Kaffee. Das Ehepaar Hofstädter saß in einer Ecke und diskutierte leise. Vielleicht besprachen sie gerade, welche Lügen sie mir als Nächstes erzählen wollten. Wäre es also doch besser, Anita Hofstädter gleich zu mir zu bitten? … Nein, ich wollte zuerst wissen, was zwischen Diaz und dem Direktor gewesen war.

„Jan, hast du kurz Zeit?", fragte ich.

„Ja, klar, was gibt es?"

„Komm bitte mit zum Buffet, dann können wir in Ruhe reden."

Wir setzten uns.

„Also, um was geht es?"

„Jan, was war los mit dir und Alma?"

„Wie meinst du das? … Fender, was wird das? Bin ich jetzt auch verdächtig?" Er lachte.

„Solange du mir nicht alles erzählst … Ehrlich gesagt: ja."

„Ich weiß wirklich nicht, was du meinst."

„Jan …"

„Also okay … Ich habe mich blöd verhalten."

Ich wartete.

„Alma und Hofstädter hatten eine Affäre."

„Erzähl mir etwas Neues."

„Und ich habe Alma gesagt, sie soll die Affäre beenden."

„Warum wolltest du das?"

„Weil es der Arbeit an der Oper geschadet hat. Die Frau und die Geliebte, die beide dieselbe Rolle singen, das ist doch verrückt."

„Affären sind Privatsache. So etwas interessiert den Direktor normalerweise nicht. Und wieso bist du nicht auch zu Hofstädter gegangen?"

„Also … Ich …" Jan wurde ganz klein in seinem Stuhl.

„Ja …?"

„Alma und ich waren früher mal zusammen."

Ich hatte es gewusst!

„Und du warst noch in sie verliebt?"

„Nein, das ist lange her. Aber trotzdem ist sie immer etwas Besonderes für mich geblieben."

„Und als dann Lorenzo Hofstädter …"

„Schau ihn dir an. Der färbt sich die Haare, tut so, als wäre er 30 Jahre alt und nennt sich Lorenzo. Mit ‚o'. Als ob er Italiener wäre."

„Dich hat geärgert, dass Alma gerade mit ihm eine Affäre hatte."

„Ja. Mit diesem Clown!"

Das hatte ich heute schon einmal gehört.

---

zusammen sein: ein Paar sein   färben: die Farbe ändern

„Und dann hast du einen Grund gesucht, warum sie nicht zusammen sein sollen."

„Äh … ja."

„Oh Mann, Jan, und dafür haben wir jetzt so lange gebraucht?"

„Es tut mir leid. Es war mir peinlich."

Ich nahm einen Schluck Kaffee und sah ihn an.

„Wenn du schon hier bist – kannst du mir sonst noch irgendetwas über Alma Diaz und die anderen Verdächtigen erzählen?"

„Hmm … Die Lichttechnikerin, der Bühnenarbeiter – keine Ahnung. Der Portier – da weiß ich auch nichts. Die Reinigungskraft – das könnte … Nein, ich glaube, das ist nicht so wichtig."

„Erzähl mir einfach alles, auch wenn du es nicht wichtig findest."

„Maya Borges und Alma kommen beide aus demselben Ort, Santa Inés, einem kleinen Dorf in Argentinien."

„Das kann kein Zufall sein."

„Ist es auch nicht. Alma hat sich bemüht, dass Borges den Job hier an der Oper bekommt. Aber das Komische ist: Die beiden waren keine Freundinnen. Alma fühlte sich nicht wohl, wenn Borges in der Nähe war. Das hat man deutlich gesehen."

„Das ist wirklich seltsam. Da muss ich einmal genauer nachfragen. Danke, Jan, das war's erstmal."

Als er gegangen war, nahm ich mein Handy. Ich musste jetzt dringend einen Anruf in Wien machen.

▶ 06   # Kapitel 6: Donnerstag, 13:07 Uhr

„Kalman, hallo?"
„Hallo Julia, Fender hier. Es ist so weit: Ich bräuchte jetzt bitte Ihre Hilfe."
„Alles klar, worum geht es?"
„Um Alma Diaz, das Mordopfer. Suchen Sie bitte alles, was sie mit ihrem Heimatdorf Santa Inés in Argentinien verbindet."
„Wonach soll ich genau suchen?"
„Ich weiß es auch nicht. Wenn Sie es sehen, wird es klar sein. Ich kenne Sie, Sie haben ein gutes Gefühl für so etwas."

Jan hatte für alle Pizza bestellt. Ich ging zu den anderen und holte mir eine. Die Stimmung im Saal war schlecht. Alle wurden langsam ungeduldig. Vor allem das Ehepaar Hofstädter. Also nahm ich die beiden gleich mit zum Buffet.

das Mordopfer: → S. 12

Ich hatte das Gefühl, dass sie zusammen mehr sagen würden als jeder für sich alleine.

„Sie haben also gelogen", sagte ich, biss in meine Pizza und sah dem Tenor direkt in die Augen.

Er schwieg.

„Jetzt rede schon!", sagte seine Frau.

Lorenzo schaute auf den Boden.

„Ja, es gab diese Affäre", sagte Anita Hofstädter schließlich.

„Das meinten Sie doch, oder?"

„Anita, bitte …"

„Ach was, alle wissen es."

„Ihr Mann spricht nicht mit mir, vielleicht können Sie mir ja erzählen, was gestern Abend passiert ist", sagte ich zu Anita Hofstädter. „Bevor Sie weinend aus der Oper gelaufen sind."

„Oh … Das wissen Sie auch?"

„Du brauchst gar nichts zu sagen", sagte Lorenzo.

„Ich will aber etwas sagen. Das ist doch alles verrückt! Wir haben mit Almas Tod nichts zu tun. Und je früher dieser Herr … Herr …"

„Fender."

„… Fender das versteht, desto besser."

„Gut, beginnen wir mit der Frage, warum Sie am Dienstagabend überhaupt in der Oper waren." Ich sah in den Probenplan, den Jan mir gegeben hatte. „An diesem Tag hatten Sie doch gar keine Probe."

„Nein. Ich bin auch erst relativ spät gekommen. Ich wollte meinen Mann und Alma zusammen überraschen. Deshalb bin ich gleich in die Garderobe gegangen. Ich nahm an, dass sie sich normalerweise dort trafen."

„Aber Alma war nicht da", sagte ich.

„Nein, nur Lorenzo. Ich habe ihm gesagt, dass ich von der Affäre weiß. Und dass ich mich scheiden lassen will. Da ist er wütend geworden. Und dann haben wir uns angeschrien."

Das war also der Streit, von dem die Reinigungskraft erzählt hatte.

„Und dann sind Sie auf die Bühne gegangen, haben Alma Diaz getötet und sind danach aus der Oper gelaufen."

„Wie können Sie so etwas über meine Frau sagen?", rief Lorenzo wütend.

„Ach, sieh an, jetzt sprechen Sie ja doch mit mir."

„Ich habe Alma nichts getan", sagte Anita Hofstädter. „Ja, ich war wütend, aber mehr auf meinen Mann als auf sie. *Er* hat mich ja betrogen, nicht sie."

„Ihr Tod ist aber schon sehr praktisch für Sie."

„Was wollen Sie damit sagen?"

„Die Freundin Ihres Mannes ist weg. Und außerdem werden Sie in der Premiere singen."

„Das ist noch gar nicht sicher."

„Wer sollte sonst singen?"

„Das stimmt natürlich." Anita Hofstädter lächelte kurz, wurde dann aber wieder ernst.

„Ich kann mir schon denken, wie das aussieht", sagte sie. „Es stimmt, es ist nicht schlecht für mich, dass Alma nicht mehr da ist. Aber deshalb würde ich sie doch nicht umbringen!"

„Vielleicht waren es ja auch nicht Sie. Vielleicht wollte Ihr Mann", – ich drehte mich zu Lorenzo – „bloß eine kleine Affäre haben, aber nicht gleich die Scheidung. Und da …"

Bevor Lorenzo etwas sagen konnte, sprach Anita wieder – vielleicht einen Tick zu schnell?

„Mein Mann hat versprochen, die Affäre zu beenden."

„Und, haben Sie?", fragte ich ihn.

---

umbringen: → S. 12   einen Tick: ein kleines bisschen

„Ich wollte am nächsten Tag mit ihr reden. Aber dazu ist es dann ja nicht mehr gekommen."

„Oder Sie sind noch am gleichen Abend zu ihr auf die Bühne gegangen und haben ihr gesagt, dass es aus ist, aber Alma wollte das nicht akzeptieren. Es kam zum Streit, sie wurden beide immer wütender – und dann haben Sie sie umgebracht."

Lorenzo schwieg. Anita sah ihn ängstlich an. Glaubte sie doch, dass er es getan hatte?

„So ein Unsinn!", sagte Lorenzo dann. „Ich war an diesem Abend gar nicht mehr auf der Bühne."

Anita entspannte sich ein wenig.

„Ich weiß überhaupt nicht, warum Sie dauernd über diese blöde Affäre reden", sprach Lorenzo weiter. „So verlieren Sie nur Zeit. Reden Sie lieber mal mit dem Bühnenarbeiter."

„Was ist mit dem Bühnenarbeiter?", fragte ich.

„Der ist schuldig, glauben Sie mir. Ich habe ihn vor ein paar Tagen mit den anderen Arbeitern über Alma reden hören. ‚Diese Diaz', hat er gesagt, ‚ich bringe sie um.' Na, was sagen Sie jetzt, Herr Affären-Detektiv?"

Welchen Grund sollte der Bühnenarbeiter haben, Alma zu töten? Eigentlich hatte ich erwartet, dass er nur zur falschen Zeit am falschen Ort gewesen war. Aber wenn es stimmte, was Lorenzo sagte, musste ich ihn mir möglichst schnell genauer ansehen …

Kapitel 7: Donnerstag, 14:37 Uhr

Gerade als ich den Bühnenarbeiter holen wollte, bekam ich einen Anruf von Julia.

„Fender, ich habe vielleicht etwas gefunden. Einen Zeitungsartikel über Diaz in ihrer Jugend in Santa Inés."

„Um was geht es da?"

„Um ein großes Feuer mit einem Opfer. Und Diaz hatte etwas damit zu tun."

„Sehr gut, das klingt interessant. Schicken Sie mir bitte den Artikel."

„Schon gemacht."

Ich öffnete Julias E-Mail und folgte dem Link.

Dunkles Geheimnis in Alma Diaz' Jugend

Bevor Alma Diaz der Opernstar wurde, den wir alle kennen und lieben, lebte sie in dem kleinen argentinischen Dorf Santa Inés. Und wie viele andere Teenager arbeitete auch sie manchmal als Babysitterin, um ein bisschen Geld zu verdienen. So auch am Abend des 15.9.2002.
Doch diesmal war alles anders: Ein Feuer brach in dem Haus aus. Die junge Alma konnte sich zwar ohne schwere Verletzungen retten, aber sie musste die kleine Maria Gonzáles zurücklassen und diese starb im Feuer. Ein schrecklicher Tag für Diaz und für das ganze Dorf.
Eine Untersuchung der Polizei stellte fest, dass die junge Frau richtig gehandelt und keine Schuld am Tod des Kindes hatte. Trotzdem machten viele Leute im Dorf ihr das Leben nach diesem Unglück schwer. Sie musste

---

ausbrechen: etwas beginnt plötzlich

„Frau Borges, warum haben Sie mir nicht erzählt, dass Alma Diaz und Sie aus demselben Dorf kommen?", fragte ich, als die Reinigungskraft wieder vor mir saß. Der Bühnenarbeiter musste noch ein bisschen warten.

„Ich habe nicht gewusst, dass das wichtig ist."

„Alles ist wichtig, wenn es um Mord geht."

„Ich … Wissen Sie … Es ist … Es war mir peinlich."

„Peinlich? Wieso?"

„Schauen Sie mich an. Ich bin eine Reinigungskraft. Ich bin arm. Alma war reich. Sie hat mir den Job hier an der Oper besorgt. Sie kannte den Direktor, sie war eine wichtige Person hier."

„Warum wollten Sie eigentlich hier arbeiten?"

„Vor einem Jahr ist meine Mutter gestorben. Und was ist von ihr geblieben? Ein großer Berg Schulden. Und ich hatte nur einen schlechten Job in Santa Inés."

„Und Alma Diaz hat Ihnen geholfen? Warum?"

„Warum? … Weil wir aus demselben Dorf kommen. Da hilft man sich eben."

„Aber eine Freundin war Diaz nicht."

„Das stimmt nicht. Alma war …"

„Frau Borges, erzählen Sie mir keine Geschichten. Dafür haben wir keine Zeit. Was war das Problem zwischen Alma Diaz und Ihnen?"

Maya Borges schwieg einen Augenblick.

„Es stimmt", sagte sie dann. „Wir waren keine Freundinnen. Sie hat mir geholfen, aber sie ist mir aus dem Weg gegangen, wo sie nur konnte."

„Warum?"

„Ich weiß es auch nicht. Vielleicht, weil ich sie an ihr altes
Leben erinnerte. Oder es war ihr peinlich, dass sie so viel Geld
verdiente und ich hatte gar nichts. Vielleicht hat sie aber auch
gedacht, sie ist etwas Besseres als ich. Wer kann schon in einen
Menschen hineinschauen?"

„Was können Sie mir über das Feuer in Santa Inés erzählen?"

Sie erschrak. „Wie …? Was für ein Feuer?"

„Sie wissen schon. In Almas Jugend."

„Darüber will ich nicht sprechen. Das war eine schlimme Sache."

„Bitte, erzählen Sie mir trotzdem davon."

„Ein kleines Mädchen ist gestorben." Sie hatte Tränen in den
Augen.

„Und Alma war schuld?"

„Alma … Sie war nicht schuld. Sie war mit dem Mädchen allein
im Haus. Aber sie war im Erdgeschoss und die Kleine war im
ersten Stock. Und es hat oben angefangen zu brennen. Was
hätte sie tun sollen? Sie kann froh sein, dass sie selbst nicht
auch tot ist."

„Aber viele in Ihrem Dorf haben das nicht so gesehen."

„Ich weiß. Sie waren wütend. Das muss man doch auch
verstehen. Das war eine schwere Zeit für alle." Wieder eine
Träne. „Aber was soll man machen? Die Polizei hat das Ganze
untersucht. Alma hatte keine Schuld."

War es wirklich so einfach? Eine Untersuchung der Polizei, und
alles war okay?

Vielleicht konnte mir Jan etwas mehr erzählen. Vielleicht kannte
er Almas Version der Geschichte.

Almas Version der Geschichte: wie Alma die Sache erlebt hat

„Fender, was gibt es? Bin ich schon wieder verdächtig?" Jan saß vor mir und lächelte müde.

Wir tranken Kaffee und der Operndirektor hatte sogar ein paar Stück Kuchen organisiert.

„Nein, diesmal nicht", sagte ich. „Aber vielleicht kannst du mir helfen."

„Ich habe dir alles gesagt, was ich weiß."

„Ja, über den Mord und euren Streit. Aber was weißt du über das Feuer in Santa Inés?"

„Oje … Das war eine schlimme Sache." Jan legte seine Gabel weg und sah mich an. „Aber was hat das mit dem Mord zu tun?"

„Wahrscheinlich gar nichts. Aber ich muss allen Spuren nachgehen."

„Okay, was willst du wissen?"

---

die Spur: → S. 12

„In einem Zeitungsartikel habe ich gelesen, dass Alma
Babysitterin war und in dem Feuer ein Kind gestorben ist,
sie aber überlebt hat."
„Ja, das war schrecklich. Alma hatte noch jahrelang Albträume
deswegen. Sie konnte sich selbst nicht verzeihen, dass sie Maria
nicht gerettet hat. Manchmal schrie sie sogar im Schlaf ihren
Namen."
„Konnte sie das Mädchen wirklich nicht retten?", fragte ich.
„Alma war auf dem Sofa im Erdgeschoss eingeschlafen, das
Haus brannte schon, als sie aufwachte. Es gab genau zwei
Möglichkeiten: Sie rettet sich selbst und lässt das Kind sterben.
Oder sie läuft in den ersten Stock, versucht das Kind zu retten
und beide sterben. Sie hatte keine Chance", sagte Jan.
„Aber sie machte sich trotzdem Vorwürfe."
„Ja, klar, wer würde das nicht tun?"
„Wie ging es weiter?"
„Viele im Dorf waren wütend auf Alma. Es gab Drohungen gegen
sie. Sie bekam Angst, verließ Santa Inés und ging nach Buenos
Aires. Und weißt du", sagte Jan dann und nahm noch einen
kleinen Schluck Kaffee, „vielleicht hatte das auch etwas Gutes
für sie."
„Wie meinst du das?"
„Wenn sie in Santa Inés geblieben wäre, hätte sie vielleicht
nie studiert. Ich hätte sie nie gefunden und sie wäre nie ein
Opernstar geworden."
„Und vielleicht wäre sie dann noch am Leben."
„Ja, das stimmt leider auch."
„Hatte Maya Borges irgendetwas mit dem Feuer in Santa Inés
zu tun?", fragte ich.
„Ich habe keine Ahnung. Alma hat nichts dazu gesagt."

***

überleben:	der Albtraum: ein	die Drohung: wenn jemand
weiter leben	sehr schlimmer	sagt, dass er/sie etwas Böses /
	Traum	Schlechtes tun will

„Ich bringe sie um!' – Das haben Sie über Alma Diaz gesagt.
Ein paar Tage später lag sie tot auf der Bühne", sagte ich zum
Bühnenarbeiter, der jetzt vor mir saß. „Herr Gross, ist das
etwa ein Zufall?"

„Ich habe sie nicht umgebracht", sagte er.

„Aber Sie haben davon gesprochen."

„Das war doch … Das wollte ich doch nicht wirklich tun!"

„Aber jetzt ist sie tot."

„Ich … Ich war wütend. Da sagt man so etwas eben."

„Aha, da sagt man so etwas also … Warum waren Sie wütend?",
fragte ich.

„Die hat mich behandelt, als wäre ich Dreck."

„Alma Diaz?"

„Genau. Aber viele Stars tun das. Entweder funktioniert alles
gut – dann bist du Luft für sie. Oder es gibt irgendwelche
Probleme – dann schreien sie dich an, egal, ob du schuld
bist oder nicht. Wenn ich alle umbringen würde, die mich
schlecht behandeln", sagte Gross, „hätten wir hier bald keine
Opernstars mehr."

„Aber auf Alma Diaz waren Sie besonders wütend."

„Ach was, besonders wütend … an diesem Tag, ja. Am nächsten
Tag vielleicht auf jemand anderen."

Gross klang eigentlich recht glaubwürdig, fand ich. Aber
vielleicht war er nur gut im Lügen …

Jetzt hatte ich sie also alle befragt: den Tenor und seine Frau,
den Portier, die Lichttechnikerin, den Bühnenarbeiter, die
Reinigungskraft und sogar den Direktor. Aber wer der Mörder
war, wusste ich noch immer nicht. Und die Zeit lief …

---

für jemanden Luft sein:
völlig unwichtig sein

glaubwürdig: man kann es glauben

Kapitel 9: Donnerstag, 16:23 Uhr

Welche Geschichte stimmte also, und welche nicht?
Ganz oben auf meiner Liste der Verdächtigen standen natürlich
die Hofstädters.

Anita Hofstädter: Sie hatte zwei starke Motive: Almas Affäre
mit ihrem Mann. Und sie war die Zweitbesetzung für die
„Violetta". Durch Almas Tod trat sie nun in die erste Reihe und
war der Star der Premiere. Außerdem hatte sie ihren Lorenzo
wieder für sich allein.
Andererseits: Sie hatte sich sehr natürlich verhalten und nicht
versucht, die Sache mit der Affäre und den Streit mit ihrem
Mann zu verstecken.

Lorenzo Hofstädter: Er verhielt sich komisch. Er wollte nicht mit mir reden und war dauernd wütend. Hatte er Alma im Streit umgebracht? Als einer der beiden die Affäre beenden wollte? Und: Welche Vorteile hatte Almas Tod für ihn? Es gab vermutlich weniger Probleme mit seiner Frau. Und diese sang nun außerdem in der Premiere. Hatte er ihr das „geschenkt", als Entschuldigung für die Affäre?

Der Bühnenarbeiter: Er hatte gesagt, dass er Alma umbringen wollte. Die Frage war: Konnte man seiner Erklärung glauben oder nicht? Wenn man wütend ist, sagt man schon mal Dinge, die man nicht so meint. Und Opernstars waren wohl wirklich oft nicht die nettesten Leute. Aber wenn man zu lange und zu oft wütend war, konnte schon auch mal etwas Schlimmes passieren.

Die Lichttechnikerin: Sie war wahrscheinlich die Letzte, die Alma lebend gesehen hatte. Aber ich hatte bis jetzt noch kein Motiv gefunden. Sicher konnte man natürlich nicht sein, aber es gab genügend Leute, die verdächtiger waren als sie.

Die Reinigungskraft: Irgendetwas stimmte nicht mit ihr. Etwas sagte sie mir nicht, das spürte ich. Hatte das Feuer damals in Santa Inés doch eine Bedeutung für sie? War sie wütend auf Alma und hatte sie deshalb umgebracht? Aber warum dann erst jetzt, nach fast 20 Jahren?

Der Direktor: Ja, es gab seine alte Liebe und den Ärger wegen der Affäre mit Lorenzo, aber das waren schwache Motive – vor allem, weil *er* es war, der mich gerufen hatte. Warum sollte er das tun, wenn er schuldig war?

Der Portier: Ihn hätte ich fast vergessen und ich lächelte, weil ich an seine Worte denken musste: „Natürlich habe ich mit ihr geredet. Guten Tag, Frau Diaz. Schönes Wetter, Frau Diaz."

Der Werder-Bremen-Fan machte vermutlich als Portier keinen sehr guten Job. Aber ich sah kein Motiv für den Mord an Alma.

Da saß ich nun also im Buffet der Oper, nach einem ganzen Tag Befragungen, und war nicht klüger als vorher.
Wer von den Verdächtigen hatte gelogen? Was konnte ich sie noch fragen? Welcher Spur noch nachgehen?
Und die Zeit wurde knapp, bald musste ich nach Wien zurück. Eigentlich konnte ich Jan auch gleich sagen, dass ich es nicht geschafft hatte. „Fender – schneller als die Polizei." Stimmte es diesmal also nicht?
Gerade als ich mein Telefon nahm, um ihn anzurufen, läutete es.
„Fender, hallo?"
„Hallo, hier ist noch einmal Julia."
„Julia! Haben Sie etwas Neues?"
„Naja neu … Ich weiß nicht. Ich habe in einer argentinischen Zeitung noch einen Artikel über das Feuer in Santa Inés gefunden. Eine Freundin hat ihn für mich übersetzt. Schauen Sie in Ihre E-Mails.
„Okay, danke."
Ich las mir den Artikel durch, ohne besondere Hoffnung. Ich erwartete nicht viel Neues.
„Feuer in Santa Inés … Babysitterin lebt … Mädchen tot …" Ja, ja, das wusste ich alles schon.
Nach dem Bericht gab es ein Interview mit der Großmutter des toten Mädchens. Sie … irgendetwas … dieser Name …
Und da setzte sich in meinem Kopf alles wie ein Puzzle zusammen. Ich wusste jetzt, wer Alma Diaz ermordet hatte …
Ich brauchte nur noch ein Geständnis.

das Geständnis: → S. 12

Kapitel 10: Donnerstag, 17:18 Uhr

Ich hatte keine Beweise, aber ich hatte einen Plan: Wenn Menschen wütend werden, tun sie Dinge, die sie eigentlich gar nicht tun wollen. Sie ermorden jemanden – oder sie gestehen einen Mord.

Ich rief alle zusammen.

„Frau Borges", begann ich, „Sie sind die Mörderin. Sie haben Alma Diaz umgebracht."

Alle drehten sich mit großen Augen zu ihr um.

Die Reinigungskraft blieb ruhig sitzen und sagte: „Ich weiß nicht, von was Sie sprechen."

„Ich konnte es zuerst nicht sehen. Sie heißen Maya Borges. Und das Kind, das vor fast 20 Jahren in dem Feuer gestorben ist, hieß Maria Gonzáles. Was war die Verbindung zu Ihnen? Aber dann las ich ein Interview mit der Großmutter des Mädchens: Vera Borges. Da endlich verstand ich es: Sie waren zum Zeitpunkt des Mordes verheiratet, Ihr Mann hieß Gonzáles mit Familiennamen und Ihre Tochter deshalb Maria Gonzáles."

Die Reinigungskraft sah mich wütend an, ganz kurz, danach wurde ihr Blick leer und sie schwieg. Leicht würde sie es mir nicht machen.

Die anderen standen jetzt um uns herum und waren gespannt, wie es weiterging.

„Frau Borges", sagte ich, „ich habe mir die ganze Sache genauer angeschaut. Und eines ist klar: Alma Diaz hat sich damals falsch verhalten. Sie war schuld am Tod Ihrer Tochter. Da gibt es keine Frage und ich weiß nicht, warum die Polizei das anders gesehen hat."

Borges sah mich erstaunt an. Ihr Blick wurde weicher.

Gut so, dann würde das Folgende umso mehr Wirkung haben.

„Alma war schuldig, aber Ihnen, Marias Mutter, war das egal. Sie haben gar nichts gemacht."

„Was …?"

„Wahrscheinlich war es Ihnen sogar egal, dass Ihre Tochter tot war. Sie wollten lieber tanzen gehen, da störte so ein kleines Mädchen bloß."

Borges war an jenem Abend wirklich tanzen gegangen, das hatte ich in der Zeitung gelesen.

Die Reinigungskraft konnte nicht glauben, was Sie da hörte. Sie wollte etwas sagen, aber im letzten Augenblick schaffte sie es, ruhig zu bleiben.

„Sie wollten tanzen", sprach ich weiter, „Und Männer kennenlernen – obwohl Sie verheiratet waren."

„Das …", begann Borges wieder, schwieg dann aber.

„Tanzen, Cocktails und Männer … Eigentlich wollten Sie die kleine Maria gar nicht mehr haben."

Maya Borges' Blick war wütend und dunkel. Sie tat mir leid. Aber ich musste weitermachen.

„Und dann kam dieses Feuer, und auf einmal waren all Ihre Probleme gelöst. Sie weinten und spielten die traurige Mutter, aber in Wirklichkeit waren Sie froh. Jetzt hatten Sie endlich Ruhe. Ruhe für Ihr *eigenes* Leben."

„Sie sind ja …" Borges' Gesicht war rot, sie konnte sich kaum noch kontrollieren. Ich war fast am Ziel.

„Und wer weiß", sprach ich weiter, „vielleicht haben Sie ja sogar selbst das Feuer angezündet. Sie wussten am besten, wo Maria in der Nacht war und wo Sie sicher sein konnten, dass sie auch wirklich starb."

---

anzünden: Feuer machen

Maya Borges sprang auf und schrie: „Sie sind ja wahnsinnig. Wahnsinnig! Maria … meine Maria … Sie war mein Leben! … Ich wollte …"

Sie weinte und schlug auf mich ein, wieder und wieder.

Und dann brach sie plötzlich zusammen. Ich führte sie zu einem Stuhl.

Sie saß da und weinte.

Ich war nicht stolz auf mich.

„Einmal, nur einmal wollte ich mit meinen Freundinnen ausgehen", fing sie an. „Ich war immer alleine mit dem Mädchen, den ganzen Tag, das ganze Jahr. Mein Mann Julio arbeitete im Ausland und schickte manchmal Geld, manchmal auch nicht. Ich brauchte eine Pause. Aber genau in dieser Nacht kam das Feuer …"

Sie begann wieder zu weinen. Ich wartete.

....

auf jemanden einschlagen: immer wieder und stark schlagen

„Und danach – Maria war tot, und was tat Alma? Nichts. Sie stand nur da, keine Tränen, keine Worte. Gar nichts. Ihr war es egal. Welcher Mensch tut so etwas?"

„Haben Sie denn nie überlegt, dass Alma vielleicht nichts sagte, weil sie einfach nichts sagen *konnte*?", fragte Jan. „Weil alles zu schrecklich war?"

Maya Borges sah ihn an. Sie schüttelte den Kopf und ihr Blick wurde hart. Sie hatte ihre Wahrheit vor langer Zeit gefunden und würde sie nicht mehr ändern.

„Aber Frau Borges, warum jetzt?", fragte ich. „Nach fast 20 Jahren?"

„Meine Mutter ist im letzten Jahr gestorben" – das stimmte also wirklich – „und danach habe ich mich so unglaublich allein gefühlt, so verloren auf der Welt. Meine Ehe mit Julio ist wegen Marias Tod kaputt gegangen. Und jetzt war auch noch die letzte Person, die ich liebte, tot."

„Und da kam die alte Wut zurück", sagte ich. „Eine Wut, die 20 Jahre in Ihnen geschlafen hatte und stärker geworden war."

Maya Borges setzte sich wieder gerade hin.

„Alma hatte meine Tochter getötet und meine Familie zerstört, aber sie führte ein glückliches Leben als Opernstar. Nun sollte sie endlich bezahlen."

Da war es, das Geständnis. Noch vor zwei Stunden hätte ich das nicht für möglich gehalten.

„Danke, Fender." Jan klopfte mir auf die Schulter. „Schneller als die Polizei."

Ich schaute auf die Uhr. Es war höchste Zeit.

„Jan, du musst mich unbedingt mal in Wien besuchen kommen", sagte ich.

Wir umarmten uns zum Abschied.

Dann musste ich los. Das Taxi zum Flughafen wartete schon.

zu Kapitel 1

1. Jan, Fender oder Julia? Was passt zu wem? Verbinden Sie.

a Jan Friese …

b Fender …

c Julia Kalman …

1 ist Detektiv.
2 soll Recherchen machen.
3 ist ein alter Freund von Fender.
4 hat Fender schon öfter geholfen.
5 ist Direktor der Oper in Dresden.
6 löst seine Fälle oft sehr schnell.
7 hat sein Büro in Wien.
8 bittet Fender um Hilfe bei einem Mordfall.
9 ist Studentin.

2. Was ist richtig? Kreuzen Sie an.

a Alma Diaz war ein internationaler Opernstar. ○
b Alma Diaz wurde in der Nacht von Montag auf Dienstag ermordet ○
c In vier Tagen ist in Dresden die Premiere der Oper „La Traviata". ○
d Fender hat nur einen Tag Zeit, um den Mörder zu finden. ○
e Jan Friese will die Verdächtigen in die Oper bringen. ○

3. An der Oper. Ergänzen Sie die richtigen Wörter.

Kostüme • Publikum • Agent • Bühne • Premiere • Bühnenarbeiter

a Der .... sucht gute Sängerinnen und Sänger und ist ihr Manager.
b Die Sänger spielen auf der ....
c Sie tragen dabei meistens ....
d Bei der .... wird ein Stück zum ersten Mal gespielt.
e Die .... bereiten alles für die Vorstellungen vor.
f Das .... sieht sich die Vorstellungen an.

1. Alma Diaz. Was passt? Verbinden Sie.

a Alma Diaz wurde in Santa Inés

b Jan Friese entdeckte Alma Diaz

c Der Mord an Alma Diaz passierte

d Die Lichttechnikerin hat Alma Diaz

e Almas Tod hat Vorteile für

f Die Verdächtigen im Opernsaal waren

1 die Zweitbesetzung der „Violetta".

2 in einem kleinen Theater in Buenos Aires.

3 zur Zeit des Mordes in der Oper.

4 wahrscheinlich als Letzte lebend gesehen.

5 in Argentinien geboren.

6 zwischen 23 und 24 Uhr.

2. Jan Frieses Liste. Wer ist wer? Ergänzen Sie die Nummern auf dem Bild und ordnen Sie die fehlenden Wörter zu.

Frau • Reihe • Lichttechnikerin • Reinigungskraft • Arbeitskleidung • Mann

Nr.	Name	Job in der Oper	Beschreibung im Text
◯	Nina Wenders	die	Frau mit Pferde- schwanz
◯	Lorenz(o) Hofstädter	der Sänger	Mann in der Mitte der ersten ....
◯	Anita Hofstädter	die Sängerin	die ...., die aufsteht
◯	Martin Kuronnig	der Portier	.... mit Dreitagebart
◯	Gerald Gross	der Bühnen- arbeiter	Mann in ....
◯	Maya Borges	die	Frau mit Putz- sachen

zu Kapitel 3

▶ 11 **1.** Nach der Befragung: Die Lichttechnikerin spricht mit dem Bühnenarbeiter. Hören und ergänzen Sie.

a Die Lichttechnikerin fühlt sich bei Fender wie ....

b Sie findet es seltsam, dass Diaz alleine geprobt hat, aber ....

c Sie ist erst nach 11 Uhr aus der Oper gegangen, weil ....

d Der Bühnenarbeiter glaubt, dass ....

e Die Lichttechnikerin hofft, dass ....

2. Was bedeuten die Sätze? Formulieren Sie anders.

a Bei ihr musste immer alles hundertprozentig stimmen.
....

b Das sind doch bloß Gerüchte.
....

c Zwischen Lorenzo und Anita Hofstädter war ziemlich dicke Luft.
....

3. Was denken Sie? Was stimmt? Kreuzen Sie an.

Lorenzo Hofstädter

a ... hatte eine Affäre mit Alma Diaz. ○

b ... will nicht mit Fender sprechen, weil er schuldig ist. ○

c ... hat Diaz nicht besonders gut gekannt. ○

d ... ist wütend, weil seine Geliebte tot ist. ○

e ... möchte, dass es Probleme bei der Premiere gibt. ○

f ... will, dass seine Frau bei der Premiere singt. ○

g ... hat Diaz umgebracht, weil sie die Affäre beenden wollte. ○

1. Der Portier. Ergänzen Sie. Tipp: Alle Wörter stehen im Text.

a Martin Kuronnig findet es nicht an .... n .... m,
   ein V .... d .... t .... r zu sein.

b Er war die ganze N .... t in seinem R .... m bei der Tür.

c Er hat wenig auf den Au ..... g .... g geachtet, weil er ein
   Fußballspiel a ..... g .... h ..... n hat.

d Anita Hofstädter war beim Hinausgehen au ..... g .... t
   und hat g ..... w .... t.

e Martin Kuronnig hat wenig mit Alma Diaz ge .... oc ..... n
   und hat sie kaum gek .... t.

2. Was bedeuten die Sätze? Kreuzen Sie an.

a Das ist ein Witz, oder?

   1 ○ Sie wollen mich zum Lachen bringen, oder?

   2 ○ Das meinen Sie nicht ernst, oder?

b Ein Portier ist doch Luft für einen Opernstar.

   1 ○ Opernstars interessieren sich nicht für Portiers.

   2 ○ Opernstars mögen Portiers nicht.

c Lorenzo ist doch nur ein Clown.

   1 ○ Lorenzo ist ein Mann, der gerne lacht.

   2 ○ Lorenzo ist ein Mann, über den man nur lachen kann.

▶ 12 **3.** Maya Borges spricht über die Affäre. Hören Sie noch einmal und
       beantworten Sie die Fragen.

a Wer wusste von der Affäre zwischen dem Tenor und
   Alma Diaz?

b Was passierte am Dienstagabend in Hofstädters Garderobe?

c Was machte Anita Hofstädter nach dem Streit mit ihrem
   Mann?

zu Kapitel 5

1. Du musst mir alles erzählen! Was sagt Jan Friese? Kreuzen Sie an.

   a Er war früher mit Alma Diaz zusammen.   ○

   b Er war gegen die Affäre von Alma und Lorenzo.   ○

   c Er findet, dass Lorenzo gut zu Alma passt.   ○

   d Er wollte wieder mit Alma zusammen sein.   ○

   e Er hat Fender nichts erzählt, weil ihm die ganze Sache
      unangenehm war.   ○

2. Lorenz(o). Was passt zusammen? Verbinden Sie.

   a Er hatte eine Affäre mit   1 Er färbt seine Haare.
      Alma Diaz.   2 Er nennt sich Lorenzo.
   b Er tut so, als ob er noch   3 Sie ist die frühere
      jünger wäre.   Freundin des Direktors.
   c Er tut so, als ob er Italiener
      wäre.

3. Alma Diaz und Maya Borges. Ergänzen Sie die Sätze.
   Tipp: Alle Wörter stehen im Text.

   a Alma und Maya sind aus dem gleichen .... in
      Argentinien.

   b Maya hat ihren .... an der Oper wegen Alma
      bekommen.

   c Alma und Maya waren keine ....

   d Alma fühlte sich in Mayas .... nicht wohl.

4. Was denken Sie? Wer ist verdächtig? Und warum?

	Ja	Nein	Warum?
a Nina Wenders (Lichttechnikerin)	○	○	....
b Lorenzo Hofstädter (Tenor)	○	○	....
c Martin Kuronnig (Portier)	○	○	....
d Maya Borges (Reinigungskraft)	○	○	....
e Jan Friese (Operndirektor)	○	○	....

▶ 13 **1.** Welchen Auftrag bekommt Julia? Hören und ergänzen Sie.

Sie soll ....

2. Die Befragung der Hofstädters. Ergänzen Sie die Präpositionen.

über ● von ● zum ● mit ● mit

a Fender nimmt die Hofstädters mit .... Buffet.

b Lorenzo spricht nicht .... Fender.

c Anita erzählt .... Lorenzos Affäre und dem Streit.

d Sie sagt, dass sie nichts .... Almas Tod zu tun hat.

e Lorenzo will nicht .... die Affäre reden.

3. Verschiedene Verdächtige. Was ist richtig? Kreuzen Sie an.

a Warum war Anita Hofstädter am Dienstagabend in der Oper?
   1 ○ Sie hatte Probe.
   2 ○ Sie wollte ihren Mann mit Alma Diaz überraschen.

b Was sagt Anita Hofstädter zu Lorenzo?
   1 ○ Ich will mich scheiden lassen.
   2 ○ Ich will Alma Diaz umbringen.

c Warum findet der Tenor den Bühnenarbeiter verdächtig?
   1 ○ Der Bühnenarbeiter wollte auch eine Affäre mit Alma Diaz haben.
   2 ○ Der Bühnenarbeiter hat gesagt, dass er Alma Diaz töten will.

4. Was denken Sie? Was wird Fender jetzt tun? Kreuzen Sie an und / oder ergänzen Sie.

a Fender wird mit dem Bühnenarbeiter reden.   ○

b Fender wird Lorenzo und Anita Hofstädter weiter befragen. ○

c Fender wird noch einmal mit Julia telefonieren.   ○

d Fender wird Jan die Neuigkeiten erzählen.   ○

e ....   ○

1. Das Feuer in Santa Inés I. Was passt? Verbinden Sie.

a Wie erfährt Fender vom Feuer in Santa Inés?

b Warum ist Alma Diaz allein mit Maria González im Haus?

c Was passiert bei dem Feuer?

d Was sagt die Polizei?

1 Diaz kann sich retten, aber Maria Gonzáles stirbt

2 Diaz hat richtig gehandelt.

3 Julia schickt Fender einen Zeitungsartikel.

4 Alma Diaz arbeitet als Babysitterin.

2. Wie gut kannte Maya Borges Alma Diaz? Lesen Sie in Kapitel 4 auf Seite 15 noch einmal nach und ergänzen Sie die Antwort.

„Ich weiß wenig über Alma Diaz, weil ....
...."

3. Was sagt Maya Borges jetzt über Alma Diaz? Ordnen Sie zu.

weil • trotzdem • damit • dass • aber • denn

a Ich habe nicht gewusst, ... unsere gemeinsame Jugend wichtig ist.

b Ich wollte in der Oper arbeiten, ... ich die Schulden meiner Mutter zahlen konnte.

c Alma war nicht gerne mit mir zusammen, ... ich weiß nicht warum.

d An das Feuer in Santa Inés will ich nicht denken, ... das war schrecklich.

e Alma konnte Maria nicht retten, ... das Feuer im ersten Stock ausgebrochen ist.

f Alma war nicht schuld an Marias Tod, ... waren die Leute wütend auf sie.

1. Das Feuer in Santa Inés II. Fender macht sich nach dem Gespräch mit Jan Friese Notizen. Was ist richtig? Markieren Sie.

> a Alma Diaz lag auf dem Sofa im ersten Stock / Erdgeschoss, als das Feuer begann.
> b Maria Gonzáles war im ersten Stock / Erdgeschoss, deshalb konnte Alma sie nicht retten.
> c Die Nachbarn / Polizisten sagten, dass Alma richtig gehandelt hat.
> d Alma ging nach Dresden / Buenos Aires, weil viele Leute ihr die Schuld an Marias Tod gaben.
> e Alma hatte noch Jahre / Wochen später wegen der Ereignisse in Santa Inés schlimme Träume.

2. Hören Sie noch einmal, was der Bühnenarbeiter sagt. Ergänzen Sie dann die Sätze.

a Ich habe von Mord gesprochen, aber _____.

b Ich war wütend auf Alma Diaz, weil _____

_____.

c Die Stars interessieren sich nicht für mich, außer _____

_____.

d Ich war an diesem Tag sehr wütend auf Diaz, aber _____

_____.

3. Was denken Sie? Fender hat keine Ahnung, wer der Mörder ist. Was soll er jetzt tun? Kreuzen Sie an und / oder ergänzen Sie.

Fender soll …

a ○ noch einmal alle Notizen durchlesen.

b ○ noch einmal alle Verdächtigen befragen.

c ○ akzeptieren, dass er es nicht geschafft hat.

d ○ Julia fragen, ob sie neue Informationen hat.

e ○ noch einen Kaffee trinken und weiter nachdenken.

f ○ _____.

zu Kapitel 9

▶ 15   **1.** Wer hat ein Motiv? Hören Sie und beantworten Sie die Fragen.

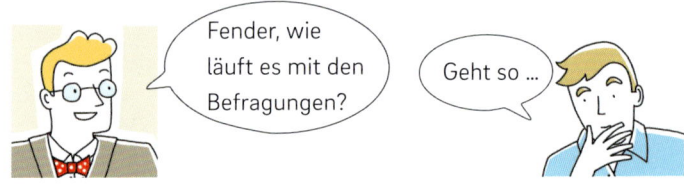

a   Welche Motive hat Anita Hofstädter? ....

....

b   Welche Motive hat Lorenzo Hofstädter? ....

....

c   Was spricht gegen Maya Borges als Mörderin? ....

....

2. Die weiteren Verdächtigen. Ergänzen Sie die Berufe.

a   War früher mit Alma zusammen. Aber er hat Fender gerufen.
    der ....

b   Macht seinen Job in der Oper nicht besonders gut. Hat aber kein Motiv für den Mord.
     ....

c   Hat gesagt, dass er Alma umbringen will. War aber vielleicht nur wütend.
     ....

d   Hat Alma zuletzt gesehen. Aber welchen Grund sollte sie haben?
     ....

3. Was bedeuten diese Ausdrücke? Kreuzen Sie an.

a   „Ich war nicht klüger als vorher."
     1   ○ Ich fand mich nicht sehr klug.
     2   ○ Ich wusste nicht mehr als vorher.

b   „Da setzte sich in meinem Kopf alles wie ein Puzzle zusammen."
     1   ○ Ich verstand jetzt, was ich tun musste.
     2   ○ Ich verstand jetzt, wie die verschiedenen Dinge zusammenpassten.

1. Wer heißt eigentlich wie? Verbinden Sie.

a das Mädchen, das vor 20 Jahren
   im Feuer starb
b die Großmutter des Mädchens
c die Mutter des Mädchens,
   die Reinigungskraft

1 Vera Borges
2 Maya Borges
3 Maria Gonzáles

2. Santa Inés vor 20 Jahren. Was passierte wirklich (richtig)? Und was sagt Fender nur, um Maya Borges wütend zu machen (falsch)? Kreuzen Sie an.

	richtig	falsch
a Mayas Mann Julio war meistens im Ausland.	O	O
b Maya wollte immer Männer kennenlernen.	O	O
c Maya war meistens alleine mit ihrer Tochter.	O	O
d Maya ging am Abend des Feuers mit ihren Freundinnen tanzen.	O	O
e Maya hat nur gespielt, dass sie traurig über Marias Tod war.	O	O
f Maya zündete das Feuer in ihrem Haus selbst an.	O	O

3. Das Ende. Verbinden Sie.

a Alma schien nach dem
   Feuer nicht
b Die Ehe von Maya und Julio
c Die Wut in Maya
d Nach dem Tod ihrer Mutter
e Maya wollte, dass

1 wurde immer stärker.
2 fühlte sich Maya ganz allein.
3 traurig über Marias Tod zu
   sein.
4 Alma für Marias Tod bezahlt.
5 ging nach Marias Tod kaputt.

Kapitel 1
1. a 3, 5, 8; b 1, 6,7; c 2,4, 9
2. *richtig:* a, d, e
3. a Agent, b Bühne, c Kostüme, d Premiere, e Bühnenarbeiter, f Publikum

Kapitel 2
1. b 2, c 6, d 4, e 1, f 3
2. Nina Wenders: 5, Lichttechnikerin; Lorenz(o) Hofstädter: 2, Reihe; Anita Hofstädter: 3, Frau; Martin Kuronnig: 6, Mann; Gerald Gross: 4, Arbeitskleidung; Maya Borges: 1, Reinigungskraft

Kapitel 3
1. *Lösungsvorschlag:* a wie bei der Polizei, b so kurz vor der Premiere kann das schon sein, c sie noch eine Zigarette geraucht hat, d Lorenzo Hofstädter die Sängerin ermordet hat, e sie nicht verdächtig ist
2. *Lösungsvorschlag:* a Alles musste perfekt sein. b Die Leute sagen es, aber es stimmt nicht. c Sie haben sich gestritten.
3. *freie Lösung*

Kapitel 4
1. a angenehm, Verdächtiger; b Nacht, Raum; c Ausgang, angesehen; d aufgeregt, geweint; e gesprochen, gekannt
2. a 2, b 1, c 2
3. *Lösungsvorschlag:* a Alle haben es gewusst. b Lorenzo und Anita Hofstädter haben gestritten und sich angeschrien. c Sie hat laut geweint und ist weggelaufen.

Kapitel 5
1. a, b, e
2. a 3, b 1, c 2

3. a Ort / Dorf, b Job, c Freundinnen, d Nähe
4. *freie Lösung*

Kapitel 6
1. *Lösungsvorschlag:* alles über Diaz und Santa Inés suchen / recherchieren
2. a zum, b mit, c von, d mit, e über
3. a 2, b 1, c 2
4. *freie Lösung*

Kapitel 7
1. a 3, b 4, c 1, d 2
2. sie ein Star war, ich putze nur
3. a dass, b damit, c aber, d denn, e weil, f trotzdem

Kapitel 8
1. a Erdgeschoss, b ersten Stock, c Polizisten, d Buenos Aires, e Jahre
2. *Lösungsvorschlag:* a das wollte ich nicht wirklich tun, b sie mich wie Dreck behandelt hat, c es gibt irgendwelche Probleme, d am nächsten Tag vielleicht auf jemand anderen
3. *freie Lösung*

Kapitel 9
1. *Lösungsvorschlag:* a Ihr Mann hatte eine Affäre mit Alma Diaz. Sie ist die Zweitbesetzung. b Er hätte weniger Probleme mit seiner Frau. Sie singt jetzt in der Premiere. c Warum sollte sie Alma Diaz erst nach 20 Jahren ermorden?
2. a der Direktor, b der Portier, c der Bühnenarbeiter, d die Lichttechnikerin
3. a 2, b 2

Kapitel 10
1. a 3, b 1, c 2
2. *richtig:* a, c, d; *falsch:* b, e, f
3. a 3, b 5, c 1, d 2, e 4